Grabflüsterin
Die Wiedergänger

Danielle Weidig

Impressum

Grabflüsterin – Die Wiedergänger

Copyright:

Danielle Weidig, Weisskirchener Straße 52, 61440 Oberursel,

September 2013, Version 2, Stand Dezember 2019

Titelgestaltung: Danielle Weidig unter Verwendung eines Fotos von © wimage72 – adobe.com

Vektorgraphien von: DeCe, VectorShots, OpenClipart-Vectors, Clker-Free-Vector-Images, 1blackpen, Igor, mdrphoto, widmachka, Perysty, dovla982; jeweils auf pixabay sowie adobe.com

ISBN: 978-3-7494-8084-5

Bibliografische Information der Deutschen Nationalbibliothek: Die Deutsche Nationalbibliothek verzeichnet diese Publikation in der Deutschen Nationalbibliografie; detaillierte bibliografische Daten sind im Internet über http://dnb.dnb.de abrufbar.

Herstellung und Verlag: BoD – Books on Demand, Norderstedt

Wo man weniger weiß,

argwöhnt man am meisten

(Niccoló Machiavelli)

Kapitel I

Heute

Als, damals, einst. In einer anderen Welt. Die Nacht hat jede Schönheit verloren.

Als Junge liebte ich die Dunkelheit, sie bot Schutz und Zeit zum Lesen, mit der Taschenlampe unter der Bettdecke. Damals glaubte ich noch an die Wahrheit der Buchstaben und blätterte mich mit Buchseiten in ein Leben nach der Kindheit. Großes wollte ich vollbringen, ich, Uwe, Sohn eines Metzgermeisters und seiner verbitterten Frau, der es viel zu früh zu viel wurde, mich gegen Vaters Schläge zu verteidigen.

Als Bursche mochte ich die Nächte intimer Bars und greller Diskotheken, wo ich Drinks und Mädchen konsumierte, Belohnung für meinen Knochenjob als Broker.

Als Head of Sales der Mercantile Inc. und Vater zweier Bälger sah ich aus meinem Eckbüro, 46th floor, in die mit Neonlichtern wie mit blinkendem Schweinefett gespickte Dunkelheit. Meist blieb ich spät, verschanzte mich hinter großen Computern und kleinen Liaisons, bis die Rotznasen daheim schliefen.

Als Frührentner finanziell ausgesorgt freute ich mich auf ein herrschaftliches Leben im Dorfe Abendroth, wo meine Langzeitehefrau Irene und ich uns das Leben bis ans Ende unserer Tage hätten gepflegt zur Hölle machen können.

Bevor das böse Wort Finsternis die guten Worte Nacht und Dunkelheit ausradierte. In diesem Moment sitze ich im Giebel meines Landhauses und schreibe an SIE, die mein Vermächtnis lesen. Es gibt ein Fenster, aber ich ängstige mich, hinauszublicken. Obwohl nichts zu sehen wäre, denn sie sind verborgen, geschützt, wo sie liegen. Es nützt nichts, mich zu verstecken, sie finden mich. Überall. Jederzeit. Herr, an den ich nie geglaubt habe, stehe mir bei. Für Irene kommt jede Hilfe zu spät.

Kapitel II

Sieben Wochen zuvor

Wie eine feudale kleine Burg ruhte mein Landhaus, das *Alte Rosenhaus*, auf seinem Hügel, lindgrüne Holzfensterläden geöffnet, karmesinrote Dachziegel wie poliert, die cremeweiße Veranda glänzend geputzt. Frühnebelfetzen durchfeuchteten die Luft, benetzten das Gartengras und schmiegten sich gleich Marshmallows in die Äste meiner Kastanien- und Ahornbäume wie in Armbeugen, manche tanzten, wie Geister verfliegend, über den zierkicsbestreuten Weg, terrakottarosa, rechts und links von Rosenspalicrcn gesäumt, in Windungen führte er vom Gartentor zur Veranda.

»Viktorianische Würde«, schwelgte ich zu Irene, schob meinen Kopf in den Nacken und taxierte mein Haus wie einen Sonntagsbraten. *Fantastisch.*

»Vielleicht ein bisschen zu groß für uns beide«, näselte sie. *Immerzu was zu meckern. Alte Geiß. Wie geziert sie imaginären Staub von ihrer beigebraunen Hose putzt, die hässliche Chintzbluse über ihrem schwammigen Bauch glattzieht.*

»Quatsch«, urteilte ich und erklomm acht Teakholzstufen, nahm die Veranda ein wie ein König und überblickte meinen Park. »Solch ein Haus war immer mein Traum. Alle laden wir ein, die Johnsons, Millers, Schumanns und natürlich meinen großkotzigen Ex-Boss samt hysterischer Frau.«

Ich öffnete die Arme, als wollte ich das Anwesen umarmen. *Irene schon lange nicht mehr.* »Sommerpartys. Und wir, die Neumanns, sind die spendablen Gastgeber.«

Irene gluckste. Ich folgte ihren Augen, rund und braun wie Malzbonbons, Monate nach Ablauf des Haltbarkeitsdatums, und sah bucklige blauschwarze Käfer mühsam über Kieselsteine krabbeln und dann ins Gras kriechen.

»Wie du meinst, Darling«, erwiderte sie und strich ihr vom Spätsommerwind gekräuseltes Haar in Form.

Ich legte eine Hand über meine Stirn und fühlte mich wie ein Großgrundbesitzer. »Ah, endlich, die Möbelwagen. Ich nehme sie in Empfang.«

Bewusst polternd nahm ich die Verandastufen. *Hier komme ich, Herr des Alten Rosenhauses.* »Schade, dass Sina und Chris nicht hier sind, sie würden Augen machen.«

»Unsere Tochter lässt sich seit eurem Streit an Weihnachten nicht mehr blicken und unser Sohn verdaut noch, dass du ihn einen Versager nanntest«, meckerte Irene.

»Hatte ich nicht recht?«, murrte ich zurück. »Beide werden im Leben nichts erreichen.«

Lauwarme Frühsonne im Rücken marschierte ich zum Gartentor, knirschend mahlten meine Schritte den sauteuren

Kies. Der erste LKW hielt, seine dicken Räder gruben sich in die vom Nachtregen noch weiche Erde. Ein Mann wie ein fleischgewordener Hulk, bloß nicht grün, kletterte aus der Fahrerkabine. Bürstenartig standen seine rötlichen Haare ab.

»Schönes Häuschen«, gratulierte er.

Überflüssige Bemerkung. Der wird es nie zu so einem Haus bringen.

»Aber recht einsam, so direkt am Wald. Ihr nächster Nachbar ist fast einen Kilometer entfernt«, fügte Hulk hinzu. *Unnötigerweise.*

»Geht Sie nichts an. Schaffen Sie meine Möbel rein, nichts weiter.«

»Schon gut«, brummte er.

Was zum Teufel ist das?

Wo der Bach aufhörte den Waldrand zu säumen und stattdessen lieber unter die Erde plätscherte, schlurrte eine tief gebeugte Figur durch die Bäume, jagdgrüne Cordhose, aschgraue Tweedjacke. Aus einem um den Kopf geschlungenen Tuch lugte eine längliche Nase. Die Füße mühsam hebend, als trüge er eine zentnerschwere Last, lief der Spuk vorüber. Ich ging um den Möbelwagen und schaute der Gestalt nach. Ganz nah schlurfte sie am Bach entlang.

»Merkwürdiges Volk«, grummelte ich. Dann stürzte mein Blick zu Hulk. »Worauf warten Sie? Erntedankfest?«

Sechs Wochen zuvor

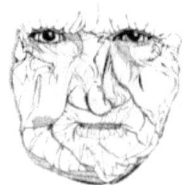

»Die Goldsteins fahren vor«, frohlockte ich. »Selbstverständlich im nagelneuen Maserati.« Ich zog meinen Blick vom Buntglasfenster zurück ins Haus und streckte meinen Arm nach Irene aus. »Lass sie uns begrüßen gehen.«

»Wir sind gleich zurück«, versprach Irene einem Kreis von etwa dreißig Gästen, »und wir bringen die Goldsteins mit.«

Mit zierlichem Schwung drehte sie sich zu mir. Arm in Arm traten wir aus der Haustür.

»Muss das sein?« Sie stöhnte. »Ich kann mit meinen Stilettos auf dem Schotter kaum gehen.«

»Stell' dich nicht so an«, zischte ich. »Zieh deinen Rücken gerade und lächele glücklich.«

Vorsichtig, *widerwillig,* setzte Irene einen Fuß vor den anderen. Ihr kunstvoll gestecktes, viel zu hell blondiertes Haar wippte, Daumen und Zeigefinger lupften ihr lachsrosa Kleid, damit der Stoff de luxe keine ungehobelten Kiesel berührte. *Wird wieder ewig dauern.* Ich lief voraus.

»Reinhold«, begrüßte ich einen kleingewachsenen Mittfünfziger, kranichgrauer Haarkranz, meinen verhassten, stinkreichen Ex-Boss. »Schön, dass ihr den Abend mit uns verbringt. Mercedes«, ich küsste die Hand einer vielleicht dreißigjährigen Katalogschönheit. »Wunderbar siehst du aus.«

Irene reichte Reinhold die Hand und küsste links und rechts an Mercedes' Wangen vorbei. *Luftküsschen. Damit der Meter Make-up nicht verschmiert.*

Da sah ich wieder die gebeugte Gestalt am Anwesen vorbeischleichen und im Wald verschwinden. Wie jeden Tag.

»Irene«, entfuhr es mir, doch dann merkte ich, wie Mercedes mich musterte und zündete ein Lächeln an. »Nach dem Dinner trinken wir Schampus im Park.«

Später winkte ich meine Gäste in den nächtlichen, von Lampions beleuchteten Garten. Gut bezahlte Zauberhände hatten ihn mit Stehtischen und gemütlichen Bänken dekoriert. Auf zwei lang gestreckten, mit sternhellen Gobelindecken ummantelten Tischen funkelten Gläser und Flaschen wie Juwelen, daneben lockten auf zarten Etageren bunte Petite Fours, luftige Crêpes, Apfeltarte und Aprikosen-Brûlée. Hinter den exquisiten Fressalien warteten in Livree verkleidete Diener.

»Verdammt guter Caterer«, lobte ich schnaufend.

Irene nickte und nestelte an ihrem Spitzentaschentuch.

Ein Tusch ertönte.

Die Gäste applaudierten.

Draußen spielte eine Brassband.

HOCH SOLL ER LEBEN.

Also ich.

Die Gäste eilten zum Gartentor.

Die Brassband betrat mein Anwesen.

Ich fühlte mein Lächeln. *Big and bright.*

»Herzlichen Glückwunsch zum achtundfünfzigsten«, jubelten alle.

In diesem Moment verließ die Figur den Wald, nun ungebeugt, und schlurfte nah an mein Grundstück, als wollte sie sich von seiner Existenz überzeugen.

Die Brassband spielte den Schlussakkord.

Die Gestalt verharrte und hob den Kopf. Im Licht der Lampions erkannte ich eine Frau. Ihr Gesicht war von Runzeln durchzogen wie ein von einem Stümper kreuz und quer gefurchter Acker, unter leicht gebogener Nase war ein Mund fast ohne Lippen zu sehen. Ich presste die Kiefer aufeinander. Meine Gäste sollten meine Abscheu nicht bemerken.

»Wer ist das?«, fragte Mercedes, *natürlich Mercedes, immerzu stellt Mercedes enervierende Fragen,* und drehte ihre Kippe in einer goldfarbenen Zigarettenspitze gen Vollmond.

»Keine Ahnung«, gab ich zurück und bohrte meine Loake Oxfords in den Kies. »Sie schleicht jeden Tag vorbei, einmal morgens, einmal abends. In den Wald, aus dem Wald.«

Ich überlegte. Einen Moment lang. Dann rief ich zu der Gestalt: »Was wollen Sie hier?«

Doch zog die Alte ihr Kopftuch nur tiefer ins Gesicht, wendete sich ab und schlurfte Richtung Dorf.

»Sie ist unheimlich«, bemerkte Irene, ihre Lippen schürzend.

Da sind wir ausnahmsweise einer Meinung, Liebling.

»Schmutzig wie eine alte Saatkrähe«, ergänzte ich und lachte laut.

»Das ist die alte Gruschenka, durch und durch harmlos«, begütigte der Saxofonist, ungefähr mein Alter, und schüttelte sein schulterlanges eisweißes Haar. »Außerdem sind Krähen sehr saubere Vögel mit wunderschönem schwarzem Federkleid, im rechten Licht sogar metallisch glänzend.«

Ah, wohl ein Ornithologe. In jedem Fall ein Klugscheißer. Egal. Heute ist Geburtstag. Mein Geburtstag. Ich prustete. »Was will sie im Wald? Es ist stockduster.«

»Ist der kürzeste Weg zum Waldfriedhof«, brummelte der Posaunist.

Irene erschrak. »Hier ist ein Friedhof ganz in der Nähe?«

Ängstliche Kuh. Tote sind einfach nur tot. Mausetot. Rattentot. Ganz tot.

»Nicht direkt«, beruhigte, *erneut*, der Saxofonist. »Guter Kilometer waldeinwärts. Uraltes Gelände«, er blickte auf seine Lackschuhe, »wird nicht mehr genutzt. Wir haben seit Jahrzehnten den Hauptfriedhof im Norden von Abendroth.«

Ich staunte. »Sie läuft jeden Tag Kilometer, nur um einen Friedhof zu besuchen?«

»Das tut sie, seit ich denken kann«, bestätigte er.

»Warum?«

Der Saxofonist sah an mir vorbei, als wäre ich gegangen.

»Hat sie Verwandte?«, erkundigte sich Irene.

Prima Idee. Vielleicht kann man sich bei denen beschweren.

Nun nickte der Posaunist. »Eine jüngere Schwester, die aber vor Jahren starb. Nathalie, ihre Großnichte, kümmert sich manchmal um sie.«

»Kann sie nicht einen anderen Weg nehmen?«, grummelte ich. »Sie passt nicht zu meinem Haus.«

»Darling«, mischte sich Irene ein. »Unsere Gäste.«

Okay, ich kümmere mich um das Problem, bald, sehr bald.

Fünf Wochen zuvor

Ich parkte meinen Lamborghini vor dem kümmerlichen Supermarkt in Abendroth. Drei Minuten später stand ich an der Kasse, eine Packung Toilettenpapier unter dem Arm und ein Sechserpack Bier in der Hand.

»Kaum Betrieb, was?«, sagte ich zur Kassiererin. »In der Stadt ist um diese Zeit die Hölle los.« *Die Leute sollen wissen, dass ich kein Landei bin.*

»Ist gleich sechs, der Laden schließt in wenigen Minuten. Hier erledigen wir unsere Einkäufe beizeiten.«

Wie, ein Vorwurf? Egal, ich muss was wissen. »Kennen Sie die alte Gruschenka?«

Sie hob ihre Augenbrauen, aufgemalt wie kohledunkle Halbmonde. »Jeder kennt Gruschenka. Sie gehört zum Dorf wie der Jahrhundertbrunnen oder die Hundertjährige Eiche.«

»Was sucht sie, noch dazu zweimal täglich, auf einem abgehalfterten Friedhof?«

Die Halbmonde drifteten höher. »Was geht Sie das an?«

»Liegt dort ihre Schwester?«

»Ella? Nein, Herr Neumann, Ella ruht auf dem Hauptfriedhof, bei ihren Eltern.«

»Sie kennen mich?«

»In jedem guten Dorf kennt jeder jeden. Und jeder Zugezogene ist eine Attraktion. Gefällt Ihnen das Alte Rosenhaus?«

»Großartig«, erwiderte ich.

»Schön.« Die Kassiererin lehnte sich zurück. »Vierachtunddreißig.«

»Was?«

»Euro. Unsere gute Deutsche Mark ist lange abgeschafft.«

Frechheit. Aber ich brauche noch eine Auskunft. »Wo wohnt sie? Überhaupt, hat sie keinen Nachnamen?«

»Lohse. Gruschenka Lohse.«

Ich schüttelte, *ehrlich erstaunt*, den Kopf. »Die Namen passen nicht zueinander. Ich weiß, heute ist es üblich, Kinder nach Hauptstädten und Schlimmerem zu benennen, aber damals …«

»Das lassen Sie mal Gruschenkas Sorge sein.«

Ich zählte Geld ab. »Wo wohnt sie nun?«

»Was wollen Sie von der alten Seele?«

»Mich kurz mit ihr unterhalten.«

»Eibengasse 3«, gab die Kassiererin zögerlich preis. »Aber, wenn Sie nicht freundlich zu ihr sind, kriegen Sie es mit uns zu tun.«

»Keine Sorge.« Ich steckte den Bon ein und grinste. »Ich bin viel harmloser als ich aussehe.«

Die Kassiererin blickte mich an, ohne mein Grinsen auch nur im Mindesten zu erwidern.

———————

Ich tippte *Eibengasse 3* ins Navi und stand bald vor einem betagten Haus, schmal, als wäre es vor einhundert Jahren gewaltsam zwischen die Nachbargebäude gepresst worden.

»Brauchen Sie Hilfe?«, fragte eine Frau. Sie trug ein altbackenes, getupftes Kittelkleid und kehrte mit sachten Besenstrichen die eisengraue Straße.

»Ich will zu Lohse und suche die Klingel.«

»Klopfen.«

»Wie?«

»Das Haus hat keine Klingel, schon lange nicht mehr. Sie müssen klopfen.«

Abwartend blieb sie auf den Besen gestützt stehen. Ein Schwarm Spatzen flatterte nieder und pickte zwischen den Rinnen des Kopfsteinpflasters.

Ich pochte an das abfasernde Holz, möglicherweise Eiche. Oder Lärche.

»Lauter«, empfahl die Kittelfrau.

So schlug ich mit der Faust an die Tür.

Sie verzog ihren Mund zum Zitronenlächeln. »Das dürfte genügen.«

Poltern, gefolgt von Rascheln. Schlurfen. Die Tür wurde aufgezogen und kreischte in ihren Angeln, als fühlte sie Schmerz. Den Oberkörper zur Geraden gebeugt stand die Alte in der Tür. Ich machte Grind zwischen ihren schütteren Haaren aus. *Ekelhaft.*

»Frau Lohse, kann ich reinkommen? Mein Name ist …«

»Ich weiß, ich weiß«, sprach Gruschenka zum Boden. Brüchig klang ihre Stimme, wie uraltes, bröselndes Butterbrotpapier. »Sie haben das Rosenhaus in der Kapellenstraße gekauft.«

»Ich will nur kurz …«

»Es passt jetzt schlecht«, presste sie hervor, ohne sich aufzurichten. »In wenigen Minuten muss ich zum Totenacker aufbrechen.«

»Genau darüber will ich mit Ihnen sprechen.« *Lasse mich von der Alten doch nicht einfach abwimmeln als wäre ich ein dreckiger Hausierer.*

Gruschenka ächzte. »Sagen Sie, was Sie zu sagen haben.«

Einsicht, prima. Ich äugte nach links, nach rechts. *Immer schön auf der Hut.* Die Kittelfrau stand. Unbewegt. Ich holte Luft. »Frau Lohse, ich bitte Sie, höflich, einen Weg zum Friedhof zu nehmen, der nicht durch die Kapellenstraße führt.«

»Warum?« Gruschenka grunzte. »Ich gehe diesen Weg seit über sechzig Jahren.«

»Es führt doch eine Straße, schön asphaltiert, recht nah zum Waldfriedhof. Ich bin sie selbst abgefahren.«

Mit Krallenhand winkte sie ab. »Zu weit«, befand sie.

»Warum nehmen Sie nicht den Bus?«

Die Alte ächzte. »Nach dort droben fährt keiner mehr.«

»Mein Gott, reicht es nicht, wenn Sie einmal die Woche dorthin pilgern? Oder, noch besser, im Monat? Dann sparen Sie doch kostbare Zeit.«

»Gott«, seufzte Gruschenka. »Oh, der strafende Gott. Zeit, ach, die grausame Zeit.« Ein Ruck ging durch den gebeugten Körper, und langsam, als kostete es sie eine Unmenge Lebenskraft, hob sie den Kopf und ich sah ihre grünwässrigen Iriden.

Diese Augen sind das einzig Lebendige an der Mumie.

»Mein Herr«, knarzte Gruschenka, »es geht wirklich nicht. Ich muss das Dorf beschützen.«

Ich biss auf meine Unterlippe. »Was soll das heißen?«

Ihr Kopf fiel wieder in die Gerade zu ihrem Rücken. Trippelnd drehte sie sich weg, die Tür fiel ins Schloss. Leise, aber keinen Widerspruch duldend.

Ich schaute zur Kittelfrau. »Was meint sie nur? Ist sie noch ganz klar im Oberstübchen?«

Die Spatzen breiteten ihre Flügel aus und erhoben sich tschilpend in die Luft. Bedächtig, gründlich begann die Kittelfrau zu fegen.

Vier Wochen zuvor

Ich biss in ein mit Kochschinken und Emmentaler dick belegtes Brötchen und spülte mit reichlich Kaffee nach. »Ich nehme heute deinen Wagen.«

Von einem länglichen Silberlöffel ließ Irene Honig aufs Rosinenbrötchen tröpfeln. »Gut, Darling«, stimmte sie zu, »ich benötige den Rover heute ohnehin nicht. Das Wetter scheint herrlich zu werden, ich möchte im Garten lesen.«

Wäre ja noch schöner, schließlich habe ich den Karren bezahlt. »Ich will in den Baumarkt«, brummte ich. »Mit dem Lamborghini kann ich nichts transportieren.«

»Baumarkt?«, wunderte sich Irene. »Wir verfügen doch wohl über ausreichend Geld, um Handwerker zu beschäftigen.«

Mit Schwung köpfte ich ein Ei und starrte schnaufend, wie der Dotter orangegelb die Schale hinab floss. »Manche Dinge muss ein Mann selbst erledigen.«

———————————

Zwei Stunden später hechtete ich um den in Eile schief geparkten Rover und zog Bretter, jedes ein Meter fünfzig lang, aus dem Kofferraum. Irene schrak von der Gartenliege hoch. Ich hievte eine Säge zu den Brettern und schnappte den Werkzeugkasten, den ich am Morgen aus dem Keller zum Gartentor getragen hatte.

»Was wird das?«, erkundigte sich Irene. *Ausnahmsweise interessiert.*

»Zaun«, japste ich.

»Du willst einen Zaun bauen? Wo? Wozu?«

»Dort vorne, wo der Bach unter die Erde fließt.« Ich keuchte. »Dann wird keiner mehr den Pfad an unserem Haus passieren.«

»Du denkst an die …«

»Alte Gruschenka, richtig. Wer nicht hört, muss sehen.«

»Darling«, monierte Irene. »Ist das denn erlaubt? Ich will keinen Ärger mit der Polizei.«

»Quatsch«, wiegelte ich ab. »Ich habe gestern den Lageplan samt Grundbuchauszügen studiert, dieser Teil des Pfads zählt zu meinem Besitz. Außerdem, kein anderer läuft hier entlang, oder?«

Irene schüttelte den Kopf.

»Es führt nicht einmal ein Weg in den Wald, die Alte läuft einfach zwischen die Bäume. Aber«, ich schulterte zwei Bretter, griff Säge und Werkzeugkasten, »damit ist jetzt ein für alle Mal Schluss.«

Dann folgte ich dem Bachlauf.

———————————

Am Abend lärmte Regen wie ein zorniger, übelgelaunter Schlagzeuger auf das Dach, gegen die Fenster.

Irene blickte auf. »Oh, mein Buch liegt noch im Garten. Ich gehe es holen.«

»Hm«, brummte ich, auf den 60-Zoll-Fernseher an der Wand konzentriert.

Zwei Minuten später gellte ein Schrei. Ich schob den Lautstärkeregler der Fernbedienung höher und nahm einen ordentlichen Schluck Bier.

»Uwe, komm her«, schallte es.

Ich stierte zum Samstagabendkrimi.

»Sofort!«

Dann klappte die Tür.

»Uwe, hörst du denn nicht …«

Gemächlich drehte ich mich um. »Was ist denn?«

»Ich rufe und rufe und du bleibst einfach sitzen.«

»Der Fernseher ist so laut.«

»Komm rasch.« Irene keuchte. »Der Zaun – ein Unglück – die alte Frau …«

Mit einem Satz war ich auf den Füßen und schon aus dem Haus. Als Irene mich einholte, hatte ich Gruschenka aus dem Bach gezogen und auf die Erde gehievt.

»Sie muss eben erst hineingefallen sein.« Irene schnaubte. »Ich hörte einen Aufschrei, nicht laut, aber doch einen Schrei und dann dieses Platschen. Gruselig.«

Ich riss einen Stofffetzen vom Zaun. »Das alte Weib hat versucht, rüber zu klettern«, schimpfte ich.

»Lebt sie?«, erkundigte sich Irene als fragte sie nach der exakten Uhrzeit.

Aufschnaufend beugte ich mich und griff nach Gruschenkas Handgelenk. »Sie hat Puls.«

Irene wich einen Schritt zurück, als könnte die Alte vom Boden auffahren und sie verschlingen, dabei rutschte sie auf dem Matsch wie auf einer Eisbahn. Heftiger strömte der Regen, trommelte auf den Wald, das Haus, die Gruschenka.

»Was machen wir jetzt mit ihr?« Irene stöhnte auf. »Doch wohl nicht ins Haus tragen?«

»Natürlich nicht. Wir schaffen sie ins Dorf. Vielleicht kommt die Alte in der Zwischenzeit zu sich. Dann sehen wir weiter.« Ich hob Gruschenka hoch und hievte sie wie einen Hafersack über meine Schulter. Ihr Gesicht plumpste an meinen Rücken und meine Zähne mahlten aufeinander. »Verdammt, wieso ist dieses Weib so schwer«, sagte ich und ächzte.

»Du bist wohl ein wenig außer Kondition«, urteilte Irene.

»Hol den Rover. Und schließ' das Haus ab«, befahl ich.

———————————

In der Eibengasse 5 öffnete sich sofort ein Fenster und die Kittelfrau spähte zu uns. »Gruschenka ist noch nicht zurück«, rief sie.

»Sie ist gestürzt«, sagte ich. *Ruhig bleiben, ganz ruhig.*

»Gestürzt? Mein Gott.«

Knallend schloss sich das Fenster, die Haustür wurde geöffnet und die Kittelfrau stolperte zum Rover. »Wo ist Gruschenka?«

Ich deutete zur Rückbank.

Die Kittelfrau riskierte einen Blick durchs Autofenster. »Ist sie bewusstlos?«

Nach was sieht es denn aus?

Ich verließ den Rover. »Haben Sie einen Schlüssel zum Haus von Frau Lohse?«

Der Blick der Kittelfrau stieß wie ein Samurai-Schwert in meine Augen. »Wie geht es Gruschenka?«, fragte sie, jedes Wort betonend.

»Sie lebt«, beschwichtigte Irene und schwang sich aus dem Auto. »Wir bringen sie ins Haus und rufen einen Arzt.«

»Nichts da«, kommandierte die Kittelfrau. »Warten Sie.«

Erstaunlich flink lief sie ein paar Meter und klingelte am Haus Nr. 7. Wieder öffneten sich zuerst ein Fenster und dann eine Tür. *Scheint hier Usus zu sein.*

Bald kam sie durch den peitschenden Regen an der Seite eines recht hageren Mannes zurück, er trug einen altväterlichen dunklen Koffer, vermutlich Leder.

»Dr. Kruse«, stellte er sich vor und nah zu mir. »Annemarie sagt, Gruschenka ist gefallen.«

Ich begutachtete seine Knollennase, roch Wein in seinem Atem, beäugte den arg abgewetzten Koffer und deutete erneut zum Rücksitz.

Er riss die Autotür auf und beugte sich über die Alte. »Sie atmet«, erkannte er.

Das wissen wir längst.

»Ins Haus mit ihr.« Trotz seines Alters, ich schätzte ihn auf mindestens siebzig, klang seine Stimme voll und sicher.

Annemarie bog die Klinke an Gruschenkas Haus. Knurrend gab die Tür nach. Ich hob die Alte, *so schwer, verdammt, als ob sie einen Zentner Steine gefressen hätte,* wieder über meine Schulter und trug sie durch einen engen Hausflur, vorbei an einer mit Jacken überladenen Garderobe. Rechts war eine winzige Küche, links zwei geschlossene Türen. *Ein Puppenhaus. Für Arme.*

»Die Treppe rauf«, diktierte Dr. Kruse.

Ich meisterte die schmale Stiege, bei jedem Tritt knarzten die Stufen, als käme ihr letztes Stündchen. Schal lastete Luft im Haus. Die Wände waren mit Schwarz-Weiß-Fotos und vergilbten Zeitungsschnipseln beklebt. Die obere Etage erwies sich als ein einziges Zimmer ohne Tür. Als ich es betrat, wirkte die Alte unversehens bedeutend leichter. Ich sah ein Bett, auf ihm eine zerfledderte Bibel, *na klar, wir sind ja auf dem gläubigen Land,* mehrere Stühle mit Büchern, Kleidung und Nippes. In der rechten Ecke ragte ein Baumstumpf, einen guten Meter hoch. *Wozu braucht die Alte einen Baum im Haus? Echt skurril. Oder senil.*

Mitten im Raum fußte eine betagte Truhe, messingbeschlagen.

Die ist was wert, raunte es durch meinen Kopf.

»Aufs Bett«, befehligte Dr. Kruse. »Jetzt raus mit Ihnen. Warten Sie unten.«

Ich gehorchte. *Liebend gern. Überall ist besser als hier.*

Im Erdgeschoss stand nun eine Tür offen, ich sah Irene in einem armseligen Wohnzimmer stehen, sie kräuselte ihre nicht gepuderte Nase und ich konnte jedes geplatzte Äderchen um ihre Nasenlöcher ausmachen.

»Wie kann man so leben?«, nuschelte sie.

Ich betrachtete ein ausgedientes grünliches Troddelsofa, einen dreibeinigen Holztisch, das fehlende Bein durch einen Bücherturm ersetzt, mit Einmachgläsern und Trödel beladene Regale. Auf dem Fensterbrett stand eine rotblühende Begonie neben einem Uralt-Radio und, erneut, eine Bibel. Ich fiel auf das Sofa, quietschend protestierte sein Innenleben. Schweigend vergingen die Minuten, nur durch Regenpochen belebt, bis die Treppenstufen endlich knarzten.

»Sie ist wach. Aber hat sich vermutlich einen Oberschenkelhalsbruch zugezogen«, diagnostizierte Dr. Kruse. »Ich rufe das Krankenhaus.« Er kramte ein Handy aus der Hosentasche. »Ich verstehe das nicht. Sie ist nicht mehr die Jüngste, aber geht diesen Weg seit so vielen Jahren, kennt jeden Stein – ja, Dr. Kruse hier, guten Abend. Ich benötige einen Krankenwagen nach Abendroth, Eibengasse 3. Danke. Wir warten.«

»Dann können wir ja gehen.« Ich wuchtete mich hoch. *Nichts wie raus hier.*

Dr. Kruse beobachtete mich mit wachen, flusssteingrauen Augen. »Ich wäre Ihnen verbunden, wenn Sie warten würden, bis Gruschenka abgeholt wurde. Ich möchte Sie nach Hause begleiten.«

Irene schluckte. *Hörbar.* »Warum?«

»Ich will sehen, wo sie gefallen ist«, erklärte er, seine Miene hochkonzentriert.

Irenes Blick flog zu mir.

»Ich fürchte, wir haben vergessen, das Haus abzuschließen. Oder hast du?«, erfand ich rasch, drehte mich zu Irene und blinzelte wie ein Blitzlichtgewitter. Sie stutzte. *Meine Güte, wie kann man nur derart dämlich sein.*

»Oh«, verstand sie endlich, »oh, oh. Das habe ich in der Aufregung vergessen.«

»Am besten fahre ich vor und Sie kommen mit meiner Gattin nach«, schlug ich jovial lächelnd vor. *Der Zaun muss weg. Schnell.*

»Ich kann bei Gruschenka warten«, hörte ich eine Stimme. *Sapperlotnocheins.*

Ich fuhr herum. Annemarie stand in der Tür und wirkte, als fühlte sie sich unwohl. Extrem unwohl.

»Gute Idee«, verfügte Dr. Kruse. »Lassen Sie uns fahren.«

Drei Wochen zuvor

»Machst du auf?«, rief Irene aus dem Bad. »Ich will gerade unter die Dusche.«

Ich schaute zur Wanduhr. Halb neun in der Früh.

Unter Dauerklingeln marschierte ich zur Tür.

»Guten Morgen.« Aufrecht wie eine ungekochte Spaghetti stand Dr. Kruse neben einer jungen Frau. Auch sie war schlank, fast dünn, rückenlang fiel ihr Kastanienhaar und ihre senfbraunen, sanften Augen musterten mich, als wollte sie mich möglicherweise kaufen. Vielleicht aber auch nicht.

»Dürfen wir hereinkommen?« Dr. Kruse schob sich an mir vorbei. »Nobel haben Sie es, wirklich edel«, stellte er fest. »Wollen wir uns setzen?« Er wies auf die üppige, cremefarbene Sitzgruppe vor dem mächtigen Walnusstisch, als wäre er zuhause.

Ich schlug die Tür zu und brüllte: »Irene, wir haben frühen Besuch.«

»Darf ich bekannt machen? Nathalie, Großnichte der Gruschenka«, säuselte Dr. Kruse.

»Erfreut«, murmelte ich. *Von wegen. Was wollen die beiden? Sollen uns gefälligst in Ruhe lassen.*

»Sie macht sich, wie wir alle, große Sorgen um ihre Tante«, fuhr Dr. Kruse fort.

»Was sagt das Krankenhaus?«, erkundigte ich mich ohne Interesse. *Immer Anteilnahme zeigen, das mögen die Leute und erspart Ärger.*

»Man bestätigte meine Diagnose. Dies«, er deponierte einen Briefumschlag auf dem Tisch, »ist die Rechnung. Innerhalb von vierzehn Tagen zu begleichen.«

»Welche Rechnung?«, blaffte ich.

»Notfallbehandlung«, antwortete er liebenswürdig, als hätte er ein Präsent überreicht. »Dieser Unfall wäre nie passiert, hätten Sie nicht diesen aberwitzigen Zaun gebaut. Gruschenka«, er zwinkerte onkelhaft, »ist nur notversichert.«

»Das ist doch nicht mein ...«, setzte ich an.

Im vanillegelben Bademantel stolzierte Irene herein, das Haar von einem Handtuchturban bedeckt. »Entschuldigung«, flötete sie. »Ich war im Bad. Wir«, ihr Blick schwenkte zu mir, »haben noch nicht einmal gefrühstückt.«

»Wie bedauerlich«, befand Dr. Kruse und Kräusellinien bildeten sich auf seiner Stirn.

»In der Tat.« Irene beugte sich vor, darauf bedacht, ihr Dekolletee zu schützen, *als wenn da noch einer reinschauen will*, und griff den Umschlag. Mit Fingern spitz wie Feilen entnahm sie die Rechnung, begutachtete sie und lächelte Frost und Eis.

»Das können wir uns durchaus leisten. Wir betrachten es als freundliche Unterstützung für eine arme, alte, kranke Frau.«

»Dies ist erst der Anfang.« Dr. Kruse schmunzelte. »Hinzu kommen Kosten für den Pflegedienst. Niemand weiß, ob Gruschenka jemals wieder laufen wird.«

Nathalie zuckte zusammen, als wäre gerade eine Python in unser Wohnzimmer eingezogen und hätte es sich zu ihren Füßen, *in grässlichen Gesundheitslatschen,* gemütlich gemacht.

Irene zog ein Döschen aus der Bademanteltasche, schraubte es auf und tupfte Creme auf ihre Wangenknochen. »Selbstverständlich fühlen wir uns dem Dorf verpflichtet«, sprach sie als wollte sie Kernseife an eine Nobelparfümerie verkaufen. »Dennoch möchten wir die Angelegenheit von unserem Anwalt prüfen lassen.«

»Genau«, pflichtete ich ihr bei und atmete auf.

»Das ist Ihr gutes Recht«, erwiderte Dr. Kruse und feixte, »aber ohne Belang. Wissen Sie, die Dorfgemeinschaft …«

»Wir haben bereits verstanden«, unterbrach Irene kühl. »Wenn es sonst nichts zu bereden gibt?« Ihr Blick schoss zur Tür, als wiese sie mit ihren Augen einen Butler an.

»Tantchen muss mit Ihnen reden«, meldete sich Nathalie zu Wort. Weich schwang ihre Stimme, wie ein Frühlingswind, und klang doch eindringlich wie eine Predigt zum Totensonntag.

Ich schnaufte. »Mit uns?«

Jetzt blickte mich Nathalie direkt an. »Nein, mit Ihnen.«

Zwei Wochen zuvor

»Holst du mir noch einen Eisbeutel?«, bat Irene. Wie ein angefahrener Waschbär lag sie auf dem Sofa, bleich ihr Gesicht, launenhaft ihr Atem.

Ich stöhnte. »Es muss doch etwas geben, das dir hilft.«

»Wir wissen noch nicht einmal, woran ich leide«, klagte sie. »Dr. Kruse weigert sich zu kommen, solange du nicht mit der Alten gesprochen hast, und dieser Kurpfuscher aus dem Nachbarort faselte von einer Erkältung.«

Sie hustete. Stark. Asthmatisch. Als hätte sie ein paar unserer Terrakottakiesel verschluckt. Jammerte: »Dies ist kein Schnupfen, ich fühle es, das ist etwas ganz anderes.«

»Wir sollten dich ins Krankenhaus bringen«, schlug ich zum x-ten Male vor.

Matt bewegte sie ihren Kopf nach links, dann nach rechts. »Ich hasse Krankenhäuser, das weißt du. Ich will lieber noch ein Aspirin.«

Ich ging zur Küche. »Wir haben keins mehr«, rief ich. »Ich fahre ins Dorf.«

Doch im Wohnzimmer war Irene schon wieder eingeschlafen. Ich betrachtete ihre seltsam hohlen Wangen, lauschte für Momente ihrem rasselnden Atem und grabschte meine Jacke.

»Eine Vierzigerpackung Aspirin«, verlangte ich am Tresen der Apotheke in der Hauptstraße.

»Gerne«, antwortete der gedrungene Apotheker und griff in eine Schublade. Dann krümmte er seinen Rücken und wühlte. »Marlene?«, rief er. »Sind die Aspirin schon wieder aus?«

»Aspirin, Hustensaft und Grippetabletten, kommt alles mit der Lieferung morgen«, schallte eine hohe Weiberstimme aus dem Hinterzimmer.

»Tut mir leid«, bekundete er und versuchte, vergebens, ein Keuchen zu unterdrücken. »Ach, Entschuldigung …«

Er taumelte ins Hinterzimmer.

»Albert«, hörte ich erneut die Frau. Dann heftiges männliches Röcheln. »Leg' dich hin, Albert. Ich kümmere mich schon.«

Marlene, untersetzt wie der Apotheker, kam zum Tresen. »Verzeihung«, sagte sie und hustete. »Meinem Mann geht es heute nicht gut. Wir haben ein anderes Mittel gegen Kopfschmerzen, vielleicht möchten Sie es probieren?«

Eilig schob sie eine Packung über den Ladentisch und wischte dann mit dem Arm über ihre schweißige Stirn.

»Sie fühlen sich aber auch nicht wohl«, bemerkte ich.

Marlene seufzte. »Als sei eine Epidemie im Dorf ausgebrochen. Doch kein Mittel hilft wirklich.« Sie kniff die Augen zusammen. »Wollen Sie die Tabletten trotzdem?«

Als ich die Apotheke verließ, lehnte Nathalie an meinem Lamborghini, den Blick gesenkt. Sie trug Blue Jeans und einen eselsgrauen Schlabberpulli, ihr Haar war zum lockeren Pferdeschwanz gebunden. Ich sog Luft und ging geradewegs zu ihr.

»Lassen Sie mich zufrieden«, schnauzte ich sie an. *Soll gleich spüren, dass wir keine Freunde sind.*

Nathalie hob ihre Lider. Das Senfbraun ihrer Augen schwamm in Wasser.

»Bitte«, flüsterte sie. »Bitte, Herr Neumann, bitte sprechen Sie mit Tantchen.«

»Ich sagte bereits nein. Ich zahle, reicht das nicht?«

Sie schüttelte den Kopf. »Warum wollen Sie nicht mit ihr reden?«

»Weil – weil, ach, ich mag keine Vorwürfe, bin nach Abendroth gezogen, um meine Ruhe zu haben«, wehrte ich mich.

»Wenn Sie nicht zu Ihrer Schuld stehen, wird alles noch viel, viel schlimmer«, wisperte sie.

Schuld? Schlimmer? Was soll dieser Schwachsinn?

»Spüren Sie gar nichts? Kein Schwächegefühl, Herzrasen, Beklemmung?«, fragte sie.

»Nein«, erwiderte ich wahrheitsgemäß. »Aber meine Frau …« Ich unterbrach mich und quetschte die Tablettenschachtel.

»Man verschont Sie noch, weil Sie gebraucht werden«, flüsterte Nathalie.

Ich verstehe kein Wort.

Leiser, getragener Gesang, eine Prozession zog durch die Hauptstraße. Ein Priester schritt voran, hinter ihm schulterten je vier Männer drei Särge. Eine Gruppe aus etwa hundert Menschen folgte. *Vermutlich ein Fünftel des Dorfes.* Einige weinten, andere schluchzten, wieder andere begleiteten stumm den letzten Weg.

Ich stutzte. »Drei Särge auf einmal? Ein Unfall?«

Nun flossen Nathalies Tränen.

Ich hasse heulende Weiber. Erpressung. Nichts weiter.

Nathalie wimmerte. »Es waren so viele in dieser Woche. Kranke, Schwache, Kleinkinder – sie trifft es zuerst.«

Ich schaute dem Menschenzug nach, bis er Richtung Norden abbog.

Nathalie griff nach meiner Hand. »Bitte, kommen Sie mit mir«, bettelte sie.

Ich schüttelte sie ab. Hinter der Glastür der Apotheke stand Marlene mit einer Miene, als flehte sie vor einem Altar oder einem Gericht um Gnade.

»Gut«, willigte ich zögernd, *unwirsch*, ein. »Aber höchstens eine Viertelstunde.«

Nicht, dass es noch mehr Scherereien gibt, weil ich die blöde Ziege heulend stehen lasse.

Sofort lief Nathalie los. Langsam folgte ich ihr.

———————————

In der Eibengasse 3 lief ich auf die Treppe zu, doch Nathalie hielt mich zurück.

»Nein, wir haben das Bett runter gebracht. Ist einfacher für Tantchen und mich.«

Jetzt sah ich zwei Sofakissen und eine Decke im Flur liegen.

Nathalie folgte meinem Blick und zog ihre Schultern hoch. »Ich kann dort«, sie wies zum oberen Stock, »nicht schlafen.«

Jemand hatte das Troddelsofa zur Seite geschoben, es blickte nun zum Fenster. Der marode Tisch war einem betagten Nachtschränkchen gewichen, das auch schon bessere Zeiten gesehen hatte. Den Rest des Raumes nahm das Bett ein, in ihm lag Gruschenka, Rücken zur Tür.

Nathalie eilte zu ihr. »Tantchen, Gruschenka, der Mann ist endlich gekommen. Er ist bereit, mit dir zu reden.«

Über Nathalies Rücken hinweg sah ich, wie Gruschenka ihre dürren Arme hob, als beschwöre sie etwas. Sich bückend umfasste Nathalie ihre Hände. Die Alte stieß einen langgezogenen Laut aus, einer gurrenden alten Taube nicht unähnlich.

Nathalie richtete sich auf. »Tantchen hat seit dem Sturz Probleme mit dem Sprechen. Aber mit Anistee, Honig und meiner Hilfe wird es schon gehen.«

Sie huschte aus dem Raum und kam mit einem Becher zurück. Behutsam flößte sie Gruschenka Flüssigkeit ein. »Möchten Sie auch etwas trinken?«, fragte sie aufschauend.

Ich räusperte mich. »Wasser.«

Mit ihrer freien Hand deutete Nathalie zur Küche. »Im Kühlschrank. Bitte bedienen Sie sich. Gläser sind im Hängeschränkchen.«

In der Küche nahm ich eine Wasserflasche und mein Blick fiel auf die schmale Anrichte, auf ihr ruhte, *was wohl*, eine Bibel.

»Tantchen spricht«, rief Nathalie.

Höchst erfreulich. Dann kann es ja losgehen.

Ich schnappte ein einsames Glas vom Küchentisch. Aufrecht lehnte die Alte im Bett, ihre wenigen Haare glänzten fein gebürstet und die Decke gab ihren Oberkörper in einem verwaschenen, hellblauen Leinenhemd frei. Ihr Arm, zittrig wie ein morscher Ast im Spätherbstwind, wies zum Troddelsofa. Ich setzte mich und blickte jetzt über das Fußende des Bettes auf Gruschenka. Scharf waren ihre Falten, als hätte ein Messer die Runzeln verschuldet, ihre Nasenlöcher blähten und beruhigten sich in einem fort, ihr zahnloser Mund klaffte offen und ihre trockenen Lippen bewegten sich. Lautlos. Dann traf ihr Blick, zweifelnd, Nathalie.

»Doch Tantchen, du kannst das«, flüsterte sie, sank auf die Bettkante und nahm Gruschenkas linke Hand.

»Ilja«, quetschte die Alte.

Nathalie umklammerte die Hand nun mit allen zehn Fingern. »Ja, Tantchen?«

»Ilja will das ganz sicher nicht. Aber alleine ist er machtlos.« Sie hustete. »Tee, bitte.«

Sie nahm einen Schluck, lang und schlabbernd, dann blickte sie über Nathalie zur Zimmerdecke, danach zu mir. Unaufhörlich hoben und senkten sich ihre Schultern. »Wissen Sie um die Wiedergänger?« Rau klang ihre Stimme, als brächen mürbe Knochen.

Ich schaute in mein Glas. Wasser, kristallklar. »Dieses Wort habe ich nie gehört.«

»Tote, die keine Ruhe finden, immer und immer wieder zu den Lebenden zurückkehren«, röhrte sie.

Ich blickte auf. »Kruder Aberglaube.«

Ihre wimpernlosen Augen taxierten mich wie einen unwilligen Schüler. »Manche kehren aus eigener Kraft zurück, andere gebrauchen die Lebenden, die Schlimmsten benutzen nur den Mund und ihre unheiligen Gedanken«, krächzte sie.

Ich stand auf. »Ich will nicht unhöflich sein, aber für Gespenster fehlt mir nun wirklich jede Zeit. Tut mir leid, was Ihnen zugestoßen ist. Es war«, ich räusperte mich erneut, »mein Fehler. Verzeihen Sie.«

»Ich muss Ihnen nichts vergeben«, knurrte Gruschenka.

Es klang wirklich wie ein Knurren, als läge irgendwo, gut versteckt, ein Straßenköter, groß und wahrscheinlich ziemlich ausgehungert.

»Das ist Gottes Sache«, fuhr die Alte fort. »Aber für Ihre Seele und für Ihre Frau wäre es besser, wenn Sie das Dorf beschützten. Nun, wo ich es nicht mehr kann. Dank Ihnen.«

Ich stand im Raum, atmete Krankengestank, roch Anistee und nahm den Duft der Begonien jetzt als bedrohlich süßlich wahr.

»Ich gehe«, entschied ich. »Danke für das Wasser.«

Nathalie fuhr auf und stürzte auf mich zu. »Nein!«

Ich wehrte ihren Arm ab und rannte hinaus.

Weg, nur weg.

Eine Woche zuvor

»Was wollen Sie?«, blaffte ich, doch Dr. Kruse stelzte bereits durch die Tür. Diesmal ohne mich, auch nur der Form halber, um Erlaubnis zu fragen.

»Zu Ihrer Frau«, forderte er.

»Ich denke, Sie wollen Irene nicht behandeln?«

»Konnten andere Ärzte helfen?«

Meine Schultern sackten. »Hier entlang.«

Im abgedunkelten Schlafzimmer bewegte Dr. Kruse die Vorhänge, ein Quäntchen Sonne tropfte durch die Scheiben.

»Nein.« Irene wimmerte. »Kein Licht.«

Dr. Kruse nickte. Wissend, wie es schien. *Aber Irene ist doch kein Vampir.*

»Wie viel haben Sie abgenommen?«, fragte er. *Verflucht ernst.*

Irene winselte. »Ich bin zu schwach, um mich zu wiegen.«

Er schlug die Decke hoch. »Fünf Kilo, mindestens.«

Irene zitterte, als läge sie in einem Zelt aus Eis.

Dr. Kruse gab ihr die Decke zurück. »Schmerzen? Husten? Schleim?«, fragte er sachlich. *Verdammt sachlich.*

»Schwäche«, klagte Irene. »Ich schaffe es kaum zur Toilette.«

»Seit Tagen will ich einen Krankenwagen rufen, aber sie weigert sich«, meldete ich mich.

Es ist nicht meine Schuld. Nicht meine Schuld.

»Das ist äußerst vernünftig«, konstatierte Dr. Kruse. »Man könnte Ihnen dort keineswegs helfen. Ihr Verfall würde sich eher beschleunigen, ohne unser Dorf.«

Ich stöhnte auf. »Was schlagen Sie vor?«

Dr. Kruse wendete sich zum Gehen. »Reden Sie mit Gruschenka.«

»Ich hätte anrufen sollen«, stammelte ich vor der Haustür in der Eibengasse 3.

»Nein, nein«, wisperte Nathalie. »Ich bin unglaublich froh, Sie zu sehen. Geben Sie mir zwei Minuten, um Tantchen ein wenig herzurichten.« Sie sauste zum Wohnraum. »Ach ja«, sie drehte sich im Türrahmen um. »Nehmen Sie gerne so viel Wasser, wie Sie möchten.«

Wie in einem Déjà-vu saß ich wieder auf dem Troddelsofa, ein Glas in der Hand.

Gruschenkas Runzeln schienen noch tiefer geritzt. »Haben Sie endlich beschlossen, die Konsequenzen auf sich zu nehmen?« Dieses Mal klang ihre Stimme glockenklar.

»Meiner Frau geht es schlecht. Sehr schlecht«, stotterte ich.

»Wie vielen im Dorf«, befand Gruschenka. »Ihre Schuld.«

»Ich habe nur einen Zaun gebaut.«

»Einen Zaun, der die Dämme jenes reißenden Flusses durchbrochen hat, den ich seit über sechzig Jahren im Zaum halte«, stieß die Alte aus.

Ich gab auf und beugte mich vor. »Ich höre.«

»Ich wurde 1929 geboren, vor fast fünfundachtzig Jahren.« Sie sprach die Zahl aus, als wäre sie ein Fluch. Eine Fliege sauste um die Begonie.

Beginnt sie jetzt bei Adam und Eva?

»Sehen Sie mich an«, verlangte Gruschenka. »Können Sie sich vorstellen, wie ich ganz früher aussah?«

Jung? Schwer vorstellbar.

»Sie waren sicher hübsch«, stammelte ich.

»Hol unser Bild«, befahl sie.

Nathalie lief in den Flur. Wie stets knarzten die Stufen.

»Gib es ihm«, verlangte Gruschenka wenig später.

Ich musterte das Schwarz-Weiß-Foto eines Mädchens mit hellem Haar, keine Schönheit, aber doch attraktiv, neben einem schlaksigen jungen Mann strahlte sie aus dem Bild als besäße sie alles Glück der Welt. Ich staunte. »Das sind Sie?«

Gruschenkas Hand bejahte.

»Wer ist der Mann?«

»Ilja. Die Liebe meines Lebens.«

Ich wendete das Foto.

1951, in ewiger Liebe, Ilja

»Lebt er noch?«, fragte ich.

Gruschenkas Krallenhand wischte durch Luft. »Er kam 1950, vor Weihnachten, mit seinen Eltern und etwa zwanzig weiteren Schlesiern. Sie mussten nach Kriegsende ihre Heimat verlassen, zu Fuß, mit Pferdekarren, immer auf der Flucht vor der Roten Armee.« Sie griff zu einem Becher, schwach roch ich Kamille. »Es existierte damals ein verlassener Hof, außerhalb von Abendroth«, erzählte sie weiter. »Dort brachte man sie unter. Diese Menschen«, ihre Augen funkelten Wut, »hatten alles verloren, waren auf der Suche nach Ruhe, Essen, wollten sich in Frieden niederlassen. Doch nirgends, nirgends waren sie erwünscht.« Sie seufzte. »Auch bei uns nicht.«

Unversehens musste ich rülpsen. »Verzeihung. Bin keine Kohlensäure gewohnt.« Entschuldigend hob ich mein Glas.

»Die meisten waren Christen, sie kamen in unsere Kirche. Dort«, ihr Blick heftete sich auf das Foto in meiner Hand, »lernte ich Ilja kennen.«

Erneut betrachtete ich das Bild. »Nett«, murmelte ich, um irgendetwas zu sagen.

»Er war so viel mehr als das. Ein Menschenfreund, gebildet, ein Engel.«

Tränen schossen aus ihren vom Schmerz und Alter geröteten Augen.

Mit bloßer Hand wischte Nathalie die Tränen der Alten fort. Gruschenka fing sich. »Zu jener Zeit waren Ehen zwischen Deutschen und Ausländern unerwünscht. Vielerorts spukte in kranken Hirnen das verfluchte Arier-Denken. Mein Erzeuger, ein überzeugter Alt-Nazi, dachte nicht anders.«

Mehrmals strich Nathalie über Gruschenkas Unterarm, als könnte sie die Vergangenheit ausradieren. Oder wiederbeleben, wie einen Scheintoten.

»Aber auch Iljas Familie war kaum begeistert über unsere, wie sie es nannte, Liebschaft. Doch es war Liebe, echte, unverfälschte Liebe. Über tausend verschlungene Wege hatte Gott meinen Mann zu mir geführt. Verstehen Sie? Es war Bestimmung.« Ihre Hände knüllten die Decke. »Ich möchte das Bild halten.«

Ich reichte es ihr über das Bett und roch Krankheit und Leiden. »Darf ich das Fenster öffnen?«, bat ich. »Oder …«

Gruschenka erriet meine Gedanken. »Das Dorf weiß Bescheid. Es kann ruhig jeder zuhören. Öffnen Sie.«

Nathalie kam mir zuvor.

Warme Luft, fast schwül, floss ins Zimmer. Dennoch atmete ich auf.

»Unsere Liebe stand unter keinem guten Stern«, fuhr die Alte fort. »Zudem war ich längst einem anderen versprochen.«

»Tut mir leid«, murmelte ich.

»Braucht es nicht«, zischte sie, ihre Augen weit wie Seelentore. »Diese Tragödie gehört Ihnen nicht. Ihr Schicksal änderte sich erst mit dem unglückseligen Zaun.«

Sie röchelte und fiel in sich wie ein Haufen Kehricht. Nathalie sprang auf. Ich hörte Wasserrauschen, dann kehrte sie mit Tüchern zurück, wohl ursprünglich aus alten Laken gerissen.

»Kalte Lappen«, wisperte sie und umwickelte Gruschenkas dürre, bleiche Waden. »Besser?«, erkundigte sie sich gedämpft.

Gruschenka lächelte. »Du bist der zweite Engel meines Lebens.«

Ich verstand, es war das Lächeln längst vergangener Tage.

»Hilf mir hoch«, bat die Alte.

Nathalie stützte sie, bis sie aufrecht lehnte.

»Gift«, stieß Gruschenka hervor. »Sie vergifteten den Brunnen auf dem Schlesierhof.« Ihr Zeigefinger fuhr zwischen ihre Lippen. »Mitten im Hochsommer. Die Leute tranken viel.« Ihr Mund gab den Finger frei. »An einem Montag im Juli waren alle tot. Elendiglich verreckt.«

»Ilja?«, fragte ich, obwohl die Antwort auf der Hand lag.

»Ebenso«, erwiderte Gruschenka und ich hörte ihre noch immer frische Bitterkeit, als wäre heute der Dienstag danach.

»Könnte es nicht höhere Gewalt gewesen sein?«, wendete ich ein. »Umweltverschmutzung …«

»Ja«, Gruschenka hustete, »die höhere Gewalt meines Erzeugers.«

Ich erschrak. *Wirklich.* »Das vermuten Sie.«

»Ich weiß es. Arsenhaltige Spritzmittel waren seinerzeit in der Landwirtschaft gang und gäbe, standen auf jedem Hof. Es musste nur jemand einen Sack mit Pflanzenschutzmittel in den Brunnen kippen. Mein Erzeuger sorgte dafür.«

Immer sind die Väter die Bösen, die Schuldigen.

»Woher wissen Sie das?«, schnappte ich.

Nathalie schaute zu Boden, angestrengt, als beobachtete sie, ob in dem Flohzirkus zu ihren Füßen alles mit rechten Dingen zuginge.

»Der Mann, den ich heiraten sollte, prahlte mit seiner Heldentat. Mit Wonne erzählte er mir, dass die meisten im Dorf den Plan gebilligt hätten. Als wäre es darum gegangen, neue Gesangsbücher oder einen Klingelbeutel anzuschaffen.«

Sie ächzte. »Ich besaß genügend Kraft, die Verlobung zu lösen. Am selben Tag.«

Sie lächelte Galle. »Wir beerdigten die Schlesier auf dem Totenacker im Wald. Die Gesichter der Opfer, Männer, Frauen, Kinder waren grauenhaft verzerrt. Doch ein Säugling lag wie schlafend, ein Junge, mein Junge, unser Jakob, ihn sehe ich in meinen Träumen.«

Gequält schluchzte sie auf und obwohl ich es nicht wollte, fühlte ich etwas in der Magengrube, vielleicht Mitleid. *Meine Kinder leben, wir haben kaum Kontakt, aber sie leben.*

»Niemand hatte sich die Mühe gemacht, seine kleinen Lider zu schließen. Offene, tote Augen für eine Welt, die ihn nicht wollte.« Nun strömten ihre Tränen ungehemmt.

»Ich hätte ihn nicht zu Ilja bringen dürfen«, wimmerte sie. »Aber mein Erzeuger hätte ihn gewiss umgebracht. Die letzten Monate meiner Schwangerschaft verbrachte ich bei einer Tante, Hertha, damals eine lange Tagesreise entfernt, unser Dorf sollte meine Schande nie erfahren. Hertha war es, die mir bei der Geburt half, sie sollte auch mein Kind behalten. Aber ich kam einen Tag früher als geplant nach Abendroth zurück und brachte Jakob zu seinem Vater, Ilja. Meinem Erzeuger erzählte ich von einer Totgeburt. Wissen Sie, was er mir antwortete?«

Sie stieß ein furchtbares Lachen aus. » ›Was hast du anderes erwartet‹ , waren seine Worte.«

Ich öffnete den Mund, um etwas Freundliches zu sagen, doch Gruschenka schüttelte den Kopf, als kämpfte sie gegen Fabelwesen. *Entsetzliche Drachen.*

»Nicht«, wehrte sie mit wedelnden Armen ab.

Eine Minute verging, in der die Fliege durch das Fenster floh. Ich wünschte mir, *sehnlichst*, ihr folgen zu können.

»Ilja?«, fragte ich stattdessen.

Mit weißlich belegter Zunge benetzte Gruschenka ihre Lippen. »Er sah aus wie unser kleiner Jakob. Als wäre er nicht tot, sondern hielte ein Nickerchen.«

»Haben Sie Anzeige erstattet?«

Erneut hustete die Alte. »Anzeige? Sie sind drollig. Mein Erzeuger war nicht nur der Anstifter, sondern auch der Bürgermeister.«

»Scheußliche Geschichte«, gab ich zu, »aber was hat sie heute noch mit Abendroth zu tun? Mit mir?«

Gruschenkas Finger krallten die Decke, als plante sie einen Würgemord. »Die Dinge wiederholen sich. Jetzt, wo ich wehrlos bin.« Sie griff den Becher und leerte ihn in raschem Zug. Nathalie schenkte nach. »Nachdem die Schlesier um ihr Leben gebracht worden waren, kroch etwas in unser Dorf, unsichtbar, direkt in unsere Köpfe. Brüder gingen aufeinander los, Schwestern schlugen sich die Schädel ein, Familien zerbrachen. Unser damaliger Pastor beschloss, eine *Andacht des Segens* zu halten.«

Sie hüstelte und führte eine Hand zum Brustkorb, als könnte etwas aus ihrem Körper entweichen. *Etwas möglicherweise sehr Unangenehmes.*

»Alle, alle kamen, selbst diejenigen, die der Kirche abgeschworen hatten. Das Gotteshaus bot nicht genügend Platz, wir mussten die Türen offen lassen. Der Pastor hielt eine machtvolle Rede über Schuld und Sühne, Schwefel und Verdammnis, aber auch über Weihrauch und Vergebung. Zuletzt schrie er, wir müssten Abbitte leisten, jeder, jetzt sofort. Einer nach dem anderen ging zur Beichte, es dauerte mehrere Tage. Als ich …«

Die Hand über ihrem Brustkorb verkrampfte sich.

Ich witterte meine Chance zur Flucht. »Ich kann ein anderes Mal wiederkommen«, bot ich scheinheilig an.

»Nein«, kreischte Gruschenka. »Sie bleiben. Bis zum Ende. Sie werden sich verantworten, so wahr Gott mein Zeuge ist.«

Sie sank ins Kissen, als hätte sie eine Schrotkugel getroffen.

Ich blickte zu Nathalie. »Soll ich nicht doch besser …«

Doch wie von unsichtbarer Macht gestützt richtete sich Gruschenka wieder auf. »Ich war die Letzte, die zum Beichtstuhl ging. Zuerst sprach der Pfarrer, alles war normal, so normal, wie es unter den Umständen sein konnte, doch dann«, ihre Hände fuhren unter ihr Kinn, »hörte ich Iljas Stimme. Direkt neben mir.«

»Also war er doch noch am Leben.«

»Nein. Ja. Nein.« Sie überlegte. *Ernsthaft.*

Tod ist ein binärer Zustand. Entweder man ist tot - oder eben noch nicht. Wusste ich's doch, sie ist nicht ganz bei Trost.

Ich grinste innerlich, beschloss, das Spiel mitzuspielen und fragte: »Was sagte er?«

»Wie sehr er mich auf ewig lieben würde.«

»Das war alles?«

Gruschenka kreuzte Zeige- und Mittelfinger. »Für mich war es genug«, erwiderte sie, *streng*, als hätte ich etwas außerordentlich Dummes gesagt. »Nach jenen Tagen, nach der Beichte, lebten die Leute im Dorf wieder mehr oder weniger friedlich miteinander. Doch es war nur eine Gnadenfrist, bis uns ein neuer Unsegen, schleichend, überfiel. Einige gingen an Grippe zugrunde, andere erlitten aus heiterem Himmel einen Blinddarmdurchbruch, wieder andere starben an purer Erschöpfung. Allen gemeinsam war ein massiver Entzug von Lebenskraft.«

Ich fühlte mein rechtes Augenlid zucken. *Unkontrolliert.* »Sie wurden geschwächt, wollen Sie sagen?«

»Wie Ihre Frau«, schoss Gruschenka. »Niemand war gefeit, keine Pillen halfen. Der Vorhof zur Hölle. Nachdem ein Drittel gestorben war, konnte ich nicht mehr tatenlos zusehen. Wie jeder hier wusste ich insgeheim, es musste eine Verbindung zum Mord an den Schlesiern geben. Daher wurde auch keiner mehr auf dem Totenacker im Wald begraben. Einige Männer, die noch stark genug waren, errichteten einen provisorischen Acker, am nördlichen Ende des Dorfes.«

Dieser Satz brachte mich in die Realität zurück. »Einfach so? Die Erschließung eines Friedhofes muss genehmigt werden, es dauert Wochen, schon wegen der Untersuchung des Grundwasserverlaufs.«

Gruschenka lächelte. Nicht mit dem ganzen Mund, nur mit den Winkeln. »Es war 1952«, lautete ihre lapidare Antwort. »Zu jener Zeit war das nächste Dorf dreißig Kilometer entfernt. Warum sonst brachte man die Schlesier ausgerechnet zu uns? Wer hätte uns kontrollieren sollen?«

Ich nagte auf meiner Unterlippe und schmeckte Blut. »Fahren Sie fort.«

»Ich vergaß die *Andacht des Segens* nicht, ging am nächsten Sonntag wieder zur Beichte. Es funktionierte.«

Sie verzog ihre Lippen, womöglich Wehmut, vielleicht Sehnsucht. »Ich bekreuzigte mich, im Namen des Vaters, des Sohnes und des Heiligen Geistes, der Pastor antwortete und dann war Iljas Stimme da.« Ein Leuchten erhellte ihre Augen. »Er dankte mir für mein Kommen. Ich fragte, ob er nun im Beichtstuhl wohnen würde.«

Sie kicherte wie ein Mädchen und ich fühlte, wie sich die Härchen auf meinen Unterarmen aufrichteten. *Was tue ich hier. Höre mir das alberne Geschwafel einer verrückten alten Frau an, anstatt Irene in ein Krankenhaus zu fahren, ob sie nun will oder nicht.*

Ich unterdrückte aufsteigendes Ächzen. *»Man könnte ihr dort keineswegs helfen. Ihr Verfall würde sich eher beschleunigen, ohne unser Dorf«* knabberten sich Dr. Kruses Worte durch mein Hirn.

Röchelnd zog Gruschenka Luft. »Dann sprach Ilja meinen Namen. So deutlich, so warm.« Sie spitzte ihre Lippen. »Gruschenka«, sagte sie mit eigentümlicher Betonung, als wäre der Name aus Tannenhonig gegossen.

Ich rieb über meine Arme.

»Ilja hatte mir diesen Namen gegeben, direkt nach unserem ersten Kuss. Ich wurde einst Anna getauft, die Anmutige. Für ihn aber war ich Gruschenka, die Unbeschreibliche. Wissen Sie, was Ilja bedeutet?«

Ich verneinte.

»Der von Gott Erwählte.« Sie wiegte ihren Kopf. »Kommen wir zurück zur Sache«, drängte sie sich. »Ilja sagte, die Seelen der Schlesier sännen auf Vergeltung. Rache. Diese armen Menschen«, sie erhob ihre Stimme, als wollte sie selbst eine Predigt halten, »konnten ihr Leben nicht vollenden, wie Gott es vorgesehen hatte. ER hatte sie durch Krieg, Flucht, Entbehrung, Angst geführt und dann stahl dieses Dorf ihnen einfach so«, sie schnippte, »ihr Leben.«

Ich fühlte pelzigen Geschmack auf der Zunge und Rost im Rachen.

»Gott verlieh ihren Seelen Macht«, redete Gruschenka weiter, nun leiser, als spräche sie nur zu sich selbst. »Sie existierten fortan als Wiedergänger, um sich an uns zu rächen.«

Sie trank. Gierig.

»Wiedergänger«, wiederholte ich gedehnt und drehte meine Füße.

»Es gibt drei Arten«, erklärte sie. »Die Wandler verlassen bei Nacht ihr Grab. Sie sind gemeinhin friedlich. Ihre Existenz ist an den Totenacker gebunden.«

Ich griff in meine Haare, so fest, dass ich anschließend einige in Händen hielt. *Das ist doch alles dementes Zeug.*

»Dann die Aufhocker. Sie sind zornig, akzeptieren ihren Tod nicht, wollen zu den Lebenden zurück. Mit menschlicher Hilfe können sie den Totenacker verlassen.« Sie keuchte. »Sie springen auf meinen Rücken und lassen sich ins Dorf bringen. Je länger man sie trägt, umso schwerer werden sie. Lange Zeit musste ich jeden Tag einen schultern, aber nun nehmen sie manchmal Rücksicht auf mein Alter.«

Ich erinnerte mich an meinen Geburtstag, als ich Gruschenka das einzige Mal ungebeugt aus dem Wald kommen sah.

»Schließlich die Nachzehrer. Sie sind widerwärtig, doch verfügen über die größte Macht, sind sozusagen das Hirn aller Wiedergänger. Sie brauchen dem Grab nicht zu entsteigen, benutzen allein ihre Gedanken, sie konzentrieren sich«, sie hustete, heftig, »auf das Dorf, seine Menschen und senden uns ihre Verwünschungen. Manche sollen an ihren Leichenhemden oder an Schultern und Armen nagen.«

Ich legte die Hände um meine Nase, als wäre *nichts riechen* gleichbedeutend mit *nichts hören*.

»Die Nachzehrer schickten erst die Geisteskrankheit und dann die Schwäche, sagte Ilja. Nachzehrer saugen Lebenskraft aus Menschen, dadurch gewinnen sie Kraft. Sind nicht beliebt bei den anderen Wiedergängern, entziehen auch ihnen Seelenstärke, wenn der menschliche Nachschub nicht ausreicht.«

Ich tat, was ich längst hätte tun sollen und stand auf. »Ich höre mir das nicht länger an.«

»Sie werden«, formulierte Gruschenka, als hätte ich keine Wahl. *Habe ich aber.*

»Sie müssen«, wisperte Nathalie. »Denken Sie an Ihre arme Frau.«

Ich stöhnte. Dann setzte ich mich wieder. *Sobald ich hier raus bin, schnappe ich Irene und verlasse dieses Gruselkaff. Irgendwie kriege ich mein Haus schon wieder verkauft.*

Als hätte sie Gedanken gelesen, schmunzelte Gruschenka. »Ilja zeigte mir, wie ich unser Dorf beschützen konnte.« Wieder neigte sie den Kopf. »Doch ich musste ein Zeichen setzen. So schüttete ich dasselbe Gift, an dem die Schlesier gestorben waren, ins abendliche Bier meines Erzeugers. Wirkte bemerkenswert rasch. So erkannte ich die Rache Gottes an.«

Mir blieb wirklich die Luft im Hals stecken, obwohl ich das immer für ein Ammenmärchen gehalten hatte, und röchelte.

Gruschenka grinste.

Nathalie lächelte. Verlegen, wie es schien.

»Danach lief ich, wie ich es Ilja versprochen hatte, jeden Tag zweimal zum Totenacker. Morgens begrüßte ich die Schlesier, abends wünschte ich ihnen gute Nacht. Ich ging von Grab zu Grab, flüsterte, beruhigte ihre wunden Seelen, wie man Kinder mit leisen Liedern in den Schlaf singt. Wie ich gerne für Jakob gesungen hätte. Meist nahm ich einen Aufhocker mit, den ich am nächsten Morgen zurückbrachte. Sie sitzen gerne auf Bäumen, so ließ ich mir alle zehn Jahre einen Baumstumpf ins Haus bringen. Durch die Nähe zu den Lebenden werden Aufhocker stark und einen Teil dieser Kraft geben sie bei ihrer Rückkehr an die Nachzehrer, sodass auch ihr Hunger auf menschliche Lebenskraft gemildert wird.«

Ich registrierte einen befriedigten, schwer zu deutenden Zug um ihren Mund.

»Alle bekamen, was sie wollten. Die Wandler hatten Ruhe vor den Nachzehrern, da sie ihre Beute frei Haus geliefert bekamen, und die Aufhocker besuchten die Lebenden. Unterdessen führten die Dorfbewohner ihr Leben, als wäre nichts geschehen. Wie im Mittelalter, als die Bauern den Zehnten an den Landherrn zahlten, der ihnen Acker und Ordnung bot. Jedes Mal traf ich Ilja auf dem Totenacker, nie brach unsere Verbindung ab. Bis vor wenigen Tagen.«

Sie schluckte. Schwer. »Sie, Herr Neumann, haben alles zerstört. Die Nachzehrer übernehmen unser Dorf, ich spüre ihre Wut und ihre Gier. Jahrzehntelang habe ich sie beruhigt, gefüttert, nun aber sind sie hungrig und die Schleusen geöffnet.«

»Das ist hanebüchener Unsinn«, schimpfte ich. »Irene …«

»Wird sterben, wenn Sie dem Dorf nicht helfen«, schrie Gruschenka. »Ihre Frau ist ein Pfand, nur noch am Leben, um Sie zur Einsicht zu zwingen, dessen bin ich mir sicher.«

Ich merkte, wie meine Finger über mein Gesicht scheuerten. Erst später zeigte mir das Spiegelbild dunkelrote Kratzspuren auf den Wangen.

»Ich glaube Ihnen nicht«, knurrte ich.

»Als Erstes müssen Sie den Aufhocker zurückbringen«, forderte Gruschenka. »Er sitzt noch immer oben auf dem Baumstumpf. Als Sie mich nach meinem Sturz hierher brachten, trug ich ihn noch auf dem Rücken.«

Ich erinnerte mich ungern, *sehr ungern*, wie schwer Gruschenka war, als ich sie im Bach fand, wie leicht sie wurde, als ich den Schlafraum betrat und fühlte meine Hände kalt und feucht werden. *Unsinn, lass dich nicht von albernen Spukgeschichten ins Bockshorn jagen. Wahrscheinlich wollen sie nur mehr Geld erpressen.* Schon fühlte ich mich bedeutend besser.

Die Alte redete in einem fort. »Es tut nicht gut, wenn der Aufhocker zu lange im Dorf bleibt, die Nachzehrer benutzen ihn als Antenne, denn sie sind hungrig, bündeln ihre Kräfte auf ihn. Das verschlimmert alles.«

Da war sie endlich gekommen, meine erste echte Chance, Gruschenka zu entfliehen.

»Gut«, willigte ich umgehend ein. »Wie?«

Sie schaute mich an und Unglaube sprang aus ihren Augen. »Sie sind einverstanden?«

»Wenn es Irene hilft«, redete ich rasch.

Der Unglaube war nicht verschwunden, aber sie sagte: »Stellen Sie sich mit dem Rücken zum Baumstumpf. Der Aufhocker wird Sie als Pferdchen benutzen. Laufen Sie mit ihm zum Totenacker. Dort sprechen Sie die Worte *tandem domi sumus* und der Aufhocker springt herab.«

»Was bedeutet das?« Tote Sprachen zu lernen, hielt ich immer für Zeitverschwendung.

»Endlich zu Hause angekommen«, übersetzte Nathalie leise und etwas in ihrem Ton gab mir ein düsteres Gefühl. Wie wenn ich die Katze im Sack gekauft hätte.

»Sind Sie leicht aus der Fassung zu bringen?« Gruschenka klang, als erkundigte sie sich nach einem möglichst simplen Rezept für Apfelkuchen.

»Warum?«, fragte ich lässig zurück. *Gleich bin ich fort. Dann könnt ihr mich alle.*

»Auf dem Totenacker werden Sie die Wiedergänger treffen. Da Sie einen Aufhocker transportieren, gehören Sie quasi zur Familie. Sie wird sich Ihnen offenbaren wollen«, erklärte die Alte ohne ihre Miene zu verziehen.

Nur raus hier, möglichst weit weg von diesen Wahnsinnigen.

Ich nickte.

»Ilja wird Ihnen weitere Anweisungen geben. Bitte«, Gruschenkas Stimme wurde leise und sanft, »sagen Sie ihm, wie sehr ich ihn liebe.«

Ich nickte abermals. Dienstbeflissen, wie ich hoffte.

»Kommen Sie mit mir«, wisperte Nathalie.

Hinter ihr stieg ich die Treppe hinauf.

Auf der obersten Stufe hielt sie an. »Ich gehe dort ungern hinein«, sprach sie entschuldigend.

Ich schaute zum Baumstumpf, allein und friedvoll wartete er.

»Zum Friedhof also«, sagte ich laut und verkniff mir ein Grinsen.

»Zum Friedhof«, bestätigte Nathalie. »Bitte, ich habe Ihnen die Worte aufgeschrieben, mit denen Sie den Aufhocker auf dem Friedhof loswerden.« Sie gab mir einen Zettel. »Seien Sie vorsichtig.«

Wann hat sie das geschrieben? Wieder dieses unbehagliche Gefühl. *Egal, nur weg.*

Mit langen Schritten betrat ich das Zimmer und postierte mich am Baumstumpf.

»Na los«, rief ich. *Gleich geschafft.*

Unversehens fuhr Glutatem über meinen Nacken. Dann fühlte es sich an, als würde ein schwerer Sack auf mich geworfen, ich spürte, wie sich Arme um meine Schultern drückten, Hände auf meinen Brustkorb legten, Beine um meine Hüften schlangen und stand wie schockgefroren.

Dann brach ein Schrei aus mir, der in meinen Ohren nicht mehr menschlich klang.

Kapitel III

———————————

Jetzt

Als, damals, einst. In einer anderen Welt. Die Nacht hat jede Schönheit verloren.

Als ich Irenes Lider schloss, war ihr Körper schmal wie der eines Kindes, vollkommen ausgelaugt. Die Nachzehrer hatten ganze Arbeit geleistet. Weil ich mich weigerte, ihrem Ruf zu folgen. Doch sie fanden mich. In einer Woche habe ich sechs Kilo verloren und Tageslicht beginnt mich zu stören. Meine Augen sind stark gerötet, meine Eingeweide brennen wie Höllenfeuer, mein Herz pumpt wie ein Blasebalg. Sie wollen, dass ich Gruschenkas Nachfolger werde.

Ein Grabflüsterer.

Das kann kein Gott von mir verlangen. Wenn es denn Gott ist, der diese Rache übt. Was ich stark bezweifele.

Ich gebe Ihnen einen verdammt guten Rat: Meiden Sie Dörfer und Waldfriedhöfe. Rennen Sie um Ihr Leben, wenn Ihnen irgendetwas unheimlich erscheint, vertrauen Sie nicht auf Ihren angeblich gesunden Menschenverstand.

Ich schleppte einen Aufhocker zum Friedhof und sprach dort mit einem Untoten. Sein Name war Ilja und er trug ein Baby in Armen. Jakob.

Er sagte, sie beide besäßen als Einzige der Wiedergänger noch ihre Seelen, weil sie keinen Pakt mit dem *Schattenwesen* geschlossen hätten. Auf dem Friedhof wartete er auf Gruschenkas Tod, um mit ihr das *Neue Land* zu betreten. Ich weiß nicht, was das bedeutet, was wahr ist, was ich glauben soll. Auf dem Friedhof sprach ich die Worte

TANDEM DOMI SUMUS

Somit werde ich langsam einer von ihnen, das haben sie versprochen. Gruschenka hat mich reingelegt. Nathalie wusste es. Dr. Kruse auch. Sicherlich das ganze verwünschte Dorf. Ich muss es beenden, bevor sie ihr Versprechen einlösen.

Gott, an den ich nie geglaubt habe, vergib mir meine Schuld. Erlöse mich vom Bösen. Gib, die Silberkugel, die ich mir jetzt in den Kopf schieße, möge mich retten.

Ich habe nur diesen einen verfluchten Versuch.

AMEN